문학과지성 시인선 251

해가 뜨다

김정환 시집

문학과지성 시인선 251
해가 뜨다

펴낸날/ 2000년 11월 27일

지은이 /김정환
펴낸이 / 채호기
펴낸곳 / ㈜**문학과지성사**
등록번호 / 제10-918호(1993. 12. 16)

서울 마포구 서교동 363-12호 무원빌딩(121-838)
편집/ 338)7224~5   FAX 323)4180
영업/ 338)7222~3   FAX 338)7221
홈페이지/ www.moonji.com

ⓒ 김정환, 2000. Printed in Seoul, Korea
ISBN 89-320-1214-8

값 5,000원

문학과지성 시인선 251

해가 뜨다

김정환

2000

시인의 말

나＝아버지＝역사의 죽음. 그 죽음을 다리 삼아 나는 새로운 밀레니엄으로 건너왔다.

그, 죽음으로, 역사가 생동한다. 다리는 다리가 된다. 기이한 생동이고 다행의 일상이다. 그리고, 그 ……다리가 또 하나 있었구나. 여전히, 시는 내 문학의 원인이자 결과다.

2000년 11월
김정환

해가 뜨다

차례

▨ 시인의 말

제1부

사랑 노래 2

눈이 내린다 거세게, 내 뺨에 부딪히지 않고 그 눈, 그 바깥에 네가 있다

눈이 내린다 지워질 듯, 도시가 화려하다 그 눈, 그 바깥에 네가 있다

바깥은 이별보다 가깝다 사랑이여, 눈은 눈보다 가깝다, 육체여

매끈하고 육중한 자동차 전시장과 숯검댕 낀 초록색 공중전화 부스

눈이 내린다 무너질 듯, 내 몸을 파묻지 않고 그 눈, 그 바깥에 네가 있다

눈이 내린다 말살하듯, 네 육체가 화려하다 그 눈 그 바깥에, 네가 있다

금딱지 롤렉스

200만 원이라던 빌린 돈은
아버지가 돌아가시고 400만 원으로 늘어났다
그건 소문과 현실의 차이를 죽음이 깎아지른 것이지만
깎아지른 것이 또한 슬픔인지, 그게 다행인지도 모른다
그래도 어쩌니. 유품인데…… 찾아와야지……
어머니의 한숨은 철썩이지 않고 그냥 기나긴
강물의 이름처럼 지상 밖으로 이어지다가
부의금 남은 것을 뭉텅 자르신다
흡사 죽지 않고도 남은 생애를 반 넘어 잘라낼 수 있
다는 듯이
어머니 표정에 잠시 기쁨이 무표정으로 머물다 가기
도 한다
그래. 누구보다 정확한 사업가셨던 아버지는
장난감 같은 디지털 알람보다 정확지도 않고
벤처 상품보다 투자 가치가 훨씬 떨어지는 롤렉스 금
딱지 시계를 차셨다
살아생전을 생각해보니 이제사 모를 일이다
죽음 이후를 생각해보니 더 모를 일이다 다만
가난한 시절 시간은 황금과 같다
그 사실이 말없이 그냥 황금의 광경으로 반짝이다가

죽음도 그렇게 반짝인다
영원은 아름다움의 주소가 아니라 무게다
아버지가 아버지의 죽음으로 반짝인다
시신을 가득 채웠던 물은 온데간데가 없다(이 문장은
좀 늘어지는군. 그래그래……)
아버지, 죽은 아버지, 아니면 나?
그건 아버지가 돌아가신 다음, 아니면?
의문부호도 그렇게 반짝인다
뭐가, 황금이, 아니면 시신의 눈물이?
그렇게 아버지는 내가 되셨다
그렇게 오랜 세월이 지났다
그 사실이 말없이 그냥 황금의 광경으로……

해가 뜨다

解産의 재탄생? 태양은 식전부터 선혈의 탯줄을 찬란한 빛물살로 풀며 뜬다. 피 비린 역사는 미래의 홍조로 전화될 뿐, 평면도 곡면도 없고 그 사이 잊혀질 수 없는 것들이 잊혀지는 이야기에 담긴 둥글고 붉은 망각의 外型처럼, 혹시 미래 전망과도 같이 뜬다. 微熱의 이마로는 마주칠 수 없고 충혈된 눈으로는 오히려 눈부셔, 바라볼 수가 없다. 每日은 장엄하게, 유구하게, 새롭게, 수천수만 년의 순서가 무색하게, 천근 만근 아름답게 뜨고 고대의 마법사가 주문을 외고 해야 솟아라 해야 솟아라 해야, 간절한 것이 우주를 닮고 우주가 간절함을 닮아 이집트 피라미드와 앙코르 와트, 스톤헨지와 모아이 고대의 지상에서 뜨는 해가 내 젊은 날, 떴다. 최루탄과 백골단, 종로와 을지로, 코피 철철 흘리며 떴다. 무언가가 길길이 뛰고 그것만이 이어지고 새벽길, 무너진 등 뒤로 떴다, 혈안의 눈동자. 그러나 수평선 위로 해는 언제나 뜬다. 언제나 모든 과거를 현재로 모든 현재를 미래로 모든 미래를 미래의 아름다움으로 만들며 뜬다. 지난한 문명의, 전망의, 장면의, 일순처럼. 영원은 적멸로 고요하지 않고 열화로 요란하지 않고 다만 시간을 넘어서는 광경의, 멀쩡함의 기적 같은 것. 영원의 감각적인 육체. 아름다움의

주소. 욕망의 전망. 보라 해가 뜨다. 발 디딜 곳 없는 희
망의……

길을 돌아가다

88고속도로에 차가 밀리면서

내 뚱뚱한 뱃속에도 길이 난다 꾸륵꾸륵 소리를 내는
설삿길

그때쯤이면 잠도 확 달아나버리고 반포 지나 한남대
교 가는 길가

소음벽은 세상의 절벽이다.

나를 완전히 설사의 공포 속으로 격리시킨다

택시 기사는 손님보다 먼저 투덜대며 숨통을 터주는
게 직업이지만

직업병이기도 해서 그게 설사를 막지 못한다. 아니 악
화시키지,

한번은 너무 급해서 저 소음벽 사이를 꿰뚫은 적이 있
다. 아파트

뒷동산 야트막한 숲, 그 속에서 엉덩이를 허겁지겁 까
내리고 똥을 누다가

산책로를 심심하게 달리는 웬 평화로운 주부와 빤히
눈을 마주쳤었다

더 평화로운 무념무상의 표정으로. 숲은 야트막해서
내 백주 대낮의 배설을

발각시키지만 주부와 나 사이 수치심을 어느 정도 무

마시켜준다.

자연은 향그러운 내음과 분뇨 냄새 사이에 존재한다는 듯이

하지만 한 번뿐이다 그땐 모르고 들어가서 별천지였잖은가

아파트 뒷산인 줄 알면서 또 그러는 것은, 더군다나 두번째도 그러리라고

믿는 것은 너무 파렴치하지 않은가. '에이 씨팔, 드럽게 밀리네,' 기사가

맞장구를 친다. '강 건너 갔다가 다시 건너오는 게 빠르겠다.' 기사는 그게

직업병을 넘어 삶의 보람인 듯하고 나는, '맞아, 돈이 좀 들더라도……'

그렇게 마음의 고개를 끄덕였지만 기사처럼 씨팔 소리를 덧붙이지 못했다

마음으로도. 물론 설사 때문에…… 아니, 그게 아니고, 뭐지? 그때

가벼운 현기증이 아주 예리하게 내 설삿줄을 끊는다. 그래. 언제더라……

시내로 들어가, 광화문쯤 들렀다가 한남대교로 건너

오는 게
   덜 들었던 것 같아. 시간뿐 아니라, 차비까지도……
이게 어쩐 일이지? 88
   고속도로는 끊기지 않고 길이 아무리 굽었던들 건너
갔다가 다시 넘어오는
   삼각(관계)의 거리보다 길지는 않을 텐데?
   설사는 어느새 자취가 없고 나는 더 예리한 통증을 찾
듯이
   서울시 교통 노선표를 들여다보고 싶어진다

and / between

옛날에, 맨 처음에 물고기가 살았다. 술을 퍼도 새벽엔 정신이 마르고 찌든 노가리

대가리 몇 개 쓸모 없는 것만 남는다. 빛이던 눈과 지도였던 두뇌와…… 그 모든 것이

사실인가, 내장보다 몸통이 더 멀지. 그 속에 또 내장이 겹쳐지고 펼쳐지고 그럴 뿐

YOU 'and/ between' I, 뒤섞였던 허리 밑이 없는 참혹, 하지 않은 방. 空,

이다 몸통이다.

2000-1

그럼. 아무 일도 일어나지 않았다. (이상하다.
'그럼'과 '그러면'이 똑같은
의미로 이어진다.) 당연하지.
(개그맨도 아닌데) 가장 끔찍한 예언은 일상이고
최고의 기적은 멀쩡하다.
문자도, 숫자도 제 안에 숨어 있던
태곳적 죽음의, 내용을 드러낸다. 그것이 이제 역사의
가장 간절한 가상 현실로 된다.
그렇다. 모든 것이
튼튼하다. Farewell Kafka
그대도 이젠, 화장하는 여인의
거울에 지나지 않는다.
아버지가 돌아가신
이야기는 생각보다 많은 이야기다.

2000-2

눈이 내린다. 낡은 건물의 과자
부스러기 윤곽이 부서지고
뼈대가 검고 검은 것이 건축인 시간이다
'어긋난 게 아냐.' 천년이라도
屍身도 음악도 없다.
어긋난 것은 性慾이다. 이 나이에.
눈이 내린다. 한 천년 이미
아름다웠던 것들은 검다

2000-3

외풍 센 쪽으로 등 대고 잠에 드니
신경통이 잠 속에 집을 짓는다. 그래
'요즘 빈발하는 급발진 사태의 원인은……'
Cable-TV는 잠을 자도 꺼지지 않고
애국가 후에도 뉴스가 이어진다. 그래.
무너지는 것은 쑤시는 일이고
쑤시는 것은 헐벗음보다
절망적인 일이지만
내 몸은 세상 속으로 끝없이 펼쳐지고
무엇을 짓고 무엇을 허무느냐고
바람은 폐허 그 후에 잉잉거린다
그렇게 내 안의 자연이 또 완성된다.
내 등뼈를 파고들던
각목이 그렇게 이야기로 전화한다. 그래.
우리는 모종의
절벽을 품고 강을 건넜다.
돌이킬 수 없는. 그러므로 짐승의 언어를 배운
脫北者, 낭떠러지처럼 가깝고
불길한 새벽 안개 속 한강 철교
5·16 '군사 혁명군' 라디오 방송 멀다.

2000-4

문을 여니 눈이 내리고 쌓인 눈이
내 전생을 넘쳐난다. 깜짝 놀라 나는
빗자루로 문턱을 쓸어낼 채비를 했다.
아내는 아직 여생에 있다.
다행히도. '올해는 눈이 참 많이 와.'
꿈을 꾸듯 하는 소리가 꼭 '참 아름다운
형벌이야. 그치?' 그렇게 들린다.
몸이여. 사라짐의 몸.
아버지는 흘러내리지 않게
둑을 쌓아 막은 절간 산비탈
잡초 가득한 엉덩이를 보이며 돌아가셨다
등산의 하강처럼
슬픔 넘어 슬픔의 무게처럼
아름다움 넘어 아름다움의 나이처럼
무게 넘어 무게의 형식처럼
돌아와 내 침상 머리맡 벽 두 개의 중절모
上下로 걸렸다. 그래, 죽음은 캐시어스 클레이
나비처럼 날아 벌처럼 쏘다.
그렇게 우리는 거대한 심연의
운명을 건넜다.
어머니. 또 우신다.

21

2000-5

흩어짐의 線.
울음의 흔들림.
웃음의 깊이.
눈물의 표면 장력.
이것이 나의 사랑 노래다.

다시, 그 후

또 다른 생애의 또 다른 대륙
내가 이것을 낳았는가.
물을 것이다. 아마조네스의 사랑 노래, 뼈저리게
비가 내린다.
흠씬 젖는 육체와 정신이 없고
그 사이가 흥건하다. 사랑이여 이대로
사이와 사이만 남아 가시화하는
거울과 거울의 대면 속으로
내 모든 것을 너의 것으로
펼쳐다오.
난해한 육체의 꽃잎과 꽃잎과 또 꽃잎과
겹쳐지는 꽃잎들과
육체적인 정신의 꽃잎들과
단 한마디, 등뒤에 네 숨결과

동기동창
—추억의 짱, 최호준

　그가 전화를 했다.

　따져보니 고등학교 졸업 후 25년 만이다. 학교 다닐 때도

　그와 친했던 것은 아니다. 나는 키가 전교에서 제일 작고 그는

　감히 그림자도 밟을 수 없는, 요즘 말로 짱이었다.

　시뻘건 연탄을 제 머리통에 뒤집어쓰는 깡다구로

　주변 깡패 학교를 제압한 그는 졸업을 하고 사라져

　남보원이나 김지미, 혹은 최희준과 동격의 이름으로 남았다.

　사라짐과 남음의 경계를 모호하게 하는 전설적인 이름으로 남았다.

　'나, 호준이야. 알겠나?' 그가 그랬던 그 25년 만에 내가 반말로

　대꾸한 게 이상하고 장하지만, 생각해보면 그것도 경계가 모호한 까닭이다.

　아니 그는 한술 더 뜬다. 젊은 시절 주색으로 몸이 곯고, 지금은

　소비에트 연방 그 후 옐친의 건강보다 더 망가진 그가

　20년 동안 여관용 에로물을 부지기수로 찍었지만 마

누라와 그게 좋지 않고,

아니 이미 헤어졌을지도 모르고

그는 정작 개봉관 영화를 하나 찍어보는 게 소원이란
다. 그는

'너, 유명해졌다고 나 무시하지 마' 이렇게 능치기 일
쑤지만

가끔 술 취한 전화를 걸어 '야, 니가 내 동창인 거 직
접 확인 좀 해줘,

이 새끼들이 내 말은 영 안 믿네. 하긴……' 그럴 때
면 절박한 면도 있고

그럴 때면 내가 정말 마구 유명해지고 싶고 어이없이
슬퍼진다.

하긴 옛날, 아니 5년 전만 해도 어림없다.

나는 바빠서 귀찮아서 아니면 겁나서 그를 피했을 것
이다. 최소한

그는 아직도 그쪽으로 눈치를 본다. 아니 그런 눈치다.

나를 유명 인사 취급해주는 게 그말고는 별로 없지만

그래서 이 시를 쓰는 것은 아니지, 동창 증명서 발급
도 물론 아니고

이렇게 애매하고 혼탁하게 늙어가는 것이 아연 신기

하고 즐거워서다.

그렇게 또 모종의 경계가 깨진다.

아, 예민한 주제에 막노동 영화판 뛰어들었다가 상처만 입고

'우리 나라 예술 영화? 웃기네.

포르노 예술 쪽으로 나간다면 모를까……' 그렇게 농담과 진담의 경계를 흐리던

그 이상의 흐린 경계도 흐리던 내 친구 소설가

박인홍 얘기도 써야 하나 어쩌나.

나이 50이 되면 국민학교 동창이 찾아올 거다. 아니면 내가 찾아나서든가.

발인과 매장

시신을 모셨으나 장례차 뒤로 흐느낌이 펼쳐지고 떠나가는 나라가 보였다 살아남은 식구들도, 발인. 이제서야 생애가 파란만장하다는 듯이. 그리고 닫혔다 살아남았던 식구들도, 매장. 관이 닫히고 땅이 닫히고 이상하다 내 안으로 열리고 또 열리는 미궁이 편안하다 여직 지상에 남은 식구들과 친척들과 저세상과 이세상과 마음과 질서와 그 모든 슬픔의 복잡함이 뻗어나가고 편안하다. 나 또한 하나의 나라니라…… 멀리 조선 시대까지 편안하고 미래는 그 나라의 운명과 같이

파란만장해서 편안하다.

아버지는 Reclam 입문서 작곡가 색인란

고전 음악의 생몰 연대로 자리를 잡았다.

1929년 출생 1999년 사망

새파란 놈으로 자리를 잡았다.

제2부

被殺

어찌 잊겠는가
그 속에 경악한 너의
아름다운 눈물을. 그 눈물이
세상보다 넓게 번져
세상보다 넓은 세상의
중심으로, 육화되는 것을

碑銘

　독재의 아스팔트 발바닥을 태우던 1987년 6월 어느날, 너의 모습이 일순 나타났다가, 다시 사라졌다. 영영…… 그러나 눈물 흐릿한 시야 바깥으로 겨울이 거대하게 빠져나가는 광경 또한, 들렸다. 그렇다. 나아가는 자 시간을 알고 역사를 느끼며 그 넘어 죽음을 가슴에 미리 새긴다. 그렇게 우리는 희망보다 희망의 나이를 생각한다. 그렇게 우리는 영원의 찰나, 찰나의 광경에 동참한다. 그것은, 그것이 너의 광경……

　박종철, 여기 10년 동안 견고해진 눈물로 너를 세운다.
1997년 6월 10일. 김정환.

희망

억수 같은 비에 어린 시절은 아직 헐벗고 있다
무너진 축대 붉덩물 급류에
낡은 장롱은 아직 떠내려가고 있다
백성들은 역사 속에서 영영 헐벗고 있다
습기 찬 시절 곰팡이처럼 피어나던
희망은 어디서 나와 어디로 갔는가

길의 진리

길은 스스로 많은 길을 걷는다.
역사와 더불어, 역사의 흐름으로 여기까지 왔지만
그렇다 우리는 역사를 넘어 여기까지 오기도 했다
시간은 숱하게 흐른다. 그러나 길은
밑바닥으로 기다가 어느 날 솟구치는 그런 것이 아니다
길은 스스로 침묵의 시간을 갖는다
그러나 어느 날 폭발하는 그런 것이 아니다
길은 그렇게 길 넘어 길의 희망에 이른다
희망은 그렇게 희망 넘어 희망의 자유에 이른다
침묵이 그렇게 침묵을 넘어 길의 진리에 이르고
진리가 진리의, 혁명에 이른다.
보이지 않는 차원에서 길은 완벽하다.

낙엽

국민학교 담벼락 옷을 털고 낙엽은 지고
은행나무들은 키가 크다. 아이들이 비누 방울로
뛰쳐오른다. 코 묻은 옷소매가 반질거리고
얼굴이 유리창마다 햇살로 웃는다. 어스름 저녁
아스팔트 포장 도로. 반대편 끝 붉은 십자가.
열지어 귀가한 자가용. 그 밖으로 튀어나와
아이들이 옹기종기 발을 담근다.
온 세상이 어둠에 발을 담근다 .
아이들이 발을 빼고 낙엽은 지고

다이애나 혹은 다이어트

안개비, 보슬비, 이슬비, 가랑비…… 그렇게 적셔지면
보도 블록도 자연의 냄새를 피운다 참새 두 마리 천진
난만한
땅뺏기놀이처럼 뛴다 그 위로 갑자기 시커먼 발, 아니
여성의
아름다운 발이다, 그것이 휙, 지나간다. 그 후로 나는
줄곧 생각했다
참새에 비해 너무도 폭력적인 내 발에 대하여. 그 후로
내 몸은 점점 더 가벼워지고 있는 것이다.

正初

축제는 죽음이다 대보름에서 추석까지,
　귀성 차량이 빠져나간 서울역 지하도에 새우젓 빛 한
강이 겹쳐지고
　滿月도 보인다. 세월은 휴전선을 거슬러 오르고 고래가
　강을 따라 유유자적하다.
　떠난 자는 격차에 탄식하리라 나는 서울에 남아
　시간의 계단과 기억의 탑을 보고 있다. 그것은 언제나
　이야기에서 시작되어 이야기의 가슴이 되고 건물이
되고 주변 경관이 되고
　거리가 되고 나라가 되고 마침내
　가슴 아픈 역사가 된다.

　그렇군. 나는 아직 끝나지 않은 조선사 속에서
　오늘, 명절날, 해태의 눈을 갖고
　살았다, 국보 1호 남대문과 보물 1호 동대문 사이를.

등소평

그는 전혀 놀래키지 않고 세상을 바꾸었다.
마침내 그의 죽음도 지지부진한
작전처럼, 세상을 놀래키지 않는다.
그래, 그렇구나…… 그렇게 죽음도, 놀래키지 않고.

독재, 생애, 눈물, 광경, 음악

어느 독재도 이해할 수 없는 것은 눈물의 생애다
스스로를 키우며 原因보다 촉촉한 미래를 향해
몸을 뻗는 누구나 세례 요한 다음에 오고 눈물의
생애를 육화한다. 썩지 않고 溫濕한 생애. 전망은
눈물이 눈물을 씻어내는, 생애 이상의 어떤 것.
독재여 그것을 어찌 形容하겠는가.

생애를 위해 죽다…… 이 동어 반복은 영원의
가상 현실보다 위대하다. 광경은 언제나 지금의
광경으로 겹쳐진다. 음악이 흐르면 생애는 또한
영원에 겹쳐진다. 육체가 흐르고 육체의
多重性이 흐르고 이상하지 음악은 제 혼자 흐르고
그 안에 나의, 역사의 모든 광경이 묻어난다.
某種의 생애가 흐른다. 그것은 죽음의 생애다.

나의 母校

빛 바랜 건물, 가장자리가 희박해지는 이름 모를 미소,

가을마다 낙엽을 흩뿌리는 천년 고목 그 속에 나의 모교가 있다.

건물도 추억도 아닌, 내가 그것으로부터 걸어온, 그렇게 희박해지는 距離처럼.

그것은 미래로 이어지면서 빛 바래는, 母胎보다 可視的이면서

더 운명적인 거리다.

낡아서 단아한 해금 소리. 수천 년 백성의 이름 없음을 닮은.

살아온 날을 생애이게 하는 유일한 의상처럼.

미래를 닮은 건물의 老年처럼.

늘 단절로 왔던 기쁨(알고 있나? 점령자와 패배자가 8·15 해방의 날을 정했다)과

전쟁(알고 있나? 6·25 전에 이미 수만 명이 죽었다)과 기념비.

그 사이 나의 모교가 있다.

잔재는 늘 비극적으로 이어진다. 萬波息笛도 그렇다.

비극은 늘 善惡의 2분법과, 혁명을 혼동한다. 매스컴

도 그렇다.

　혁명은 늘 추상의 명사로 귀결된다. 乖離도 그렇다.

　그 사이 나의 모교가 있다.

　절벽을 품은 따스한 기억의 예술처럼.

포옹

그대 보이지 않고 내 얼굴이 찢어지지
않으려 기를 쓴다. 찻잔, 누가 벌써 부서진
찻잔을 추스린다.
투명한 몸이 더 투명한 몸 속으로
떠나는 이여. 발자국도 보인다.
몇 그루 헐벗은 나무들도 보인다
그것에 생애 전체가 흔들린다.
눈물을 벗고는 네게 갈 수가 없다.
어둠은 미리 전등불 켜진 지상으로 내리고
발등을 적시는 울컥, 종소리.
아름다운 이여 눈물의 표정을 닮은
아무도 미워하지 않는 匕首를, 품나니.

사랑 노래

헤어지는 너의 뒷모습
그 속에 가장 아름다운 두 연인이 다시 헤어진다
뒷모습에 박힌다 영원히
겹쳐진다.

萬人譜 高銀篇

곱디고운 이름에 국가 내란 음모와 함께 본명 '泰' 자가 말미에 접속되었을 때 그렇게 高銀泰 '그 이름'이 정말 현대의 대역무도한 잡범처럼 들렸을 때 비로소 그 충격 속에서 '그의' 이름이 높고 순결한 은빛 高銀인 것이 보였다. 출옥한 후 소설가 박태순의 귀뜀 소개를 받은 다음날 대뜸 나를 화곡동으로 '혼자 오게' 한 그는 초면이건만 밤새 빼갈 다섯 병을 나 혼자 다 마시게 했다. 나는 그가 禁酒의 옥살이 중 정신으로 술을 斗酒不辭의 평소 징역 바깥보다 더 많이 마셨던 게 아닐까, 걱정도 하고 감탄도 했다. 그 후 그와 나는 대역무도하게도 만났고 잡범처럼도 만났고 순결하게도 만났다. 아직 드높게는 만나지 못했다. 그런데 그게 그와 계속 만나는 아니 처음부터 만났던 가장 큰 이유였던 것 같기도 하다. 그는 때론 포효하고 때론 흐느끼고 때론 수줍고 서정적이고 때론 가난한 된장의 미학을 즐기고 때론 권력 지향적이고 만용이 아닐까 싶을 정도로 용감하지만 다른 한편 지나치게 소심하기도 하고 질투가 심하지만 시에 대한 사랑은 매우 육체적이다. 그러나 나는 보인다. 그의 모든 시와 온갖 행태가 사실은 '이 모든 것이 바로 高銀'이라는 예술적인 절규의 일부인 것. 그 일부가 모여 드높음을 시간이나 깊이가 아니라 공간으로 펼쳐가는 것.그 공간 속에서 그의 시는 '시란 무엇인가'라는 질문의 뼈대이면서 동시에 생애를 넘어서는 그 무엇이기도 하다. 그 공간 속에 우리들은 그렇게 대뜸 불려가 그의 시세계를 이루니 그것이 바로 萬人譜. 활자 공간 속으로 (갇히지 않고) 무한하게 펼쳐지는 그의 세계다.이것은 그가 된 우리의 몸인가 우리가 된 그의 몸인가.나무는 벌레를 키우며 오래 거대하게 자신을 키운다…… 사람들이 高銀을 두고 그렇게 비난조로 말한다.나는 그 말이 틀리지 않다고 생각한다.그러나 더 중요한 것은 그 말이 高銀 생애의 공간 속으로 흡입되며 高銀 웃음 소리와 뒤섞여 위대한 상찬으로 바뀐다는 점.그래서 다시 色卽是空 空卽是色 萬海高銀. 萬人譜……

신호등

가시오 섰다 푸른 신호등
눈이 붉은 자동차
검게 찍힌 구둣발
가시오 섰다 푸른 신호등

　　나는 기다리다 망가졌네
　　구둣발이 내 몸에 검게 찍혔네……

가시오 섰다 푸른 신호등

　　길은 내 앞에 있네
　　누가 나를 고쳐다오 누가 내 눈을 켜다오……

가시오 섰다 푸른 신호등
밤이 이슥할수록 눈이 붉은 자동차 눈이 내린다
눈사람 발자국만 남고 아무도 없다
가시오 섰다 푸른 신호등

一瞬

감자탕 먹자골목 쓰레기통 사이를 절뚝절뚝
걷는 비둘기는 極貧의 어머니를 닮았다.
뒤를 보아도 그놈인데…… 3층 사무실 창밖 가로등
위에서
늘 나와 눈을 맞추던. 날개 한쪽도 꺾어졌다.
쯧쯧, 하다가, 돌아보는 표정이
아. 비둘기 혹은 경악.
세상에 둘도 없는 그악스런 에미의
얼굴을 닮고 내 마음을 닮았다.
그 사이로 세상이 일순, 체포된다.
비둘기 혹은 경악
두 단어의 만남이 다시 경악한다

오래 전 먼 훗날

내가 쓴 그 책을 찢은 뒤로 그 책의 이름에
메기의 추억이 묻어난다
그 선율에 몸을 적시며 한 구절이 드러났다

　　　내리는 비에 젖는 것은 가난과 아픔과 희망뿐이다

그 구절에 더 먼 눈물이 시간을 적시고
그렇게 오래 전 먼 훗날처럼
또 한 구절이 드러난다

　　　외투 깃을 따로 세우고 왜 우리는 하나인가

구두 한 짝

찬 새벽 역전 광장에 홀로 남으니
떠나온 것인지 도착한 것인지 분간이 없다.
그렇게 구두 한 짝이 있다. 구겨진 구두 한 짝이.
저토록 웅크린 사랑은 떠나고 그가 절름발이로
세월을 거슬러 오르지는 못, 하지, 벗겨진 구두는 홀로
걷지 못한다. 그렇게 구두 한 짝이 있다.
그렇게 찬 새벽 역전 광장에, 발자국 하나로 얼어붙은
눈물은 보이지 않고 검다.
그래. 어려운 게 문제가 아냐.
기구한 삶만 반짝인다.

소나무 한 그루
──1999.3.18. 계훈제* 영결

함성이 사라지면 드러나는
길은 늘 여러 갈래였다.
그 위로 학 한 마리 난다 보이지 않고
들리지 않는다, 뭐 하다 이제 왔느냐……

그가 말한다. 죽음에 한 발을 들여놓고
좋았던 벗들은 돌아간다.

뭐 하다 이제 왔느냐.

骨多孔症의 학이 난다. 보이지 않고
깨끗한 폐결핵이 역사를 씻는다.

이제 죽은 그가 학 한 마리로 날고 있으나
그것은 이미 예전의 학은 아니고
세상이 무례했던, 무례한 것만 보인다.
그 겹침이 영결한다.

뭐 하다 이제 왔느냐……
선생님. 우리는 그 말을 혁혁하게만 판단했는데요.

50

등 굽은 소나무 한 그루 보이지 않고
영정, 지상의 것인 듯 저승의 것인 듯
주민등록증만 보인다.

* 민족 · 민주 운동 지도자. 평생 주민등록증을 만들지 않았다.

제3부

바닷속 sea-depth*
——한 천년이 다른 천년에게

프롤로그

태몽의 어머니는 상어 고기를 먹는다.
어른이 되고 선풍기를 틀고
잠이 들면 이따금씩 바람은 꿈속을 파고들어와
기괴한 육체로 나를 능가한다. 그러나
'무섭다는 것은 깨달음이 아냐.'
본능의 안식처가 생애 전체를 뒤흔들 뿐이다.
너무 흔들리면 영혼이 아프지 않고 그냥
形象만 거대하게 시푸르뎅뎅하다.

---

* 동해 바닷가 속초가 고향인 친구가 있다. 장성하고 나서 결혼과 서울의 직장생활이 그에게 동시에 왔지만 가슴속에는 늘 바다가 출렁였다. 바다는 늘 냉혹하게 출렁이고 그러나 그 속에, 홀로 바닷가, 비린내 나는 갯여인으로 남은 어머니의 눈동자는 순정하고 따스했다. 그가 고향을 등진 것은 아니다. 아니 그는 어머니와 연애를 하듯 주말마다 속초를 찾았고 바다를 찾았다. 식구들과 함께, 자라는 아이들과 또 아내와 함께. 그러나 그가 자기 아들에게 바다를 일부러 구경시킨 것은 10년만이다. 자, 봐라, 저게 바다란다…… 그는 망망대해라고 말하고 싶었던 것일까, 아이는 그 말뜻을 육친의 정으로 어렴풋이 이해한 것일까? 아이가 대답한다. 어, 뭐야. 아무것도 없네. 아무것도 없어…… 친구는 껄껄 웃고 말았지만 이 시는 그 질문─대답 이후 6년이 지나서야 씌어졌다. 내가 아둔한 것일까? 바다의 수평과─수직의 망망하고 큰 생애와 죽음의 공(空), 즉 '아무것도 없음'을 형상화하기 위해 심해의 괴

눈을 감는다, 바닷속. '끔찍하다는 게
아니라.' 첫 입맞춤에 눈이 열리면 물고기.
아무도, 아무것도 없다. 바닷속.

이하게 울퉁불퉁한, 눈이 크고 빛날수록 몸뚱어리가 더 시체 같은 물고기들
의 백과사전적인 이름들이 무수히 동원되었다가, 하나도 남지 못하고 사라
졌다.

　이 장시가 대충 마무리될 무렵, 아버지가 덜컥 돌아가셨다. 몽블랑 만년필
을 잃어버린 것은 대략 6개월 전이다. 아버지가 사준 것은 한 8년 전. 술 취
한 기억을 더듬어 강남 단골 술집들을 뒤졌지만 모두 고개를 절레절레 흔들
고 나는 포기했었다. 그런데 부친상, 3우제 49제 초제 지내고 사무실로 돌아
와 땀에 전 와이셔츠를 벗으니 그게, 옷걸이 밑에 있다. 왜 그걸 여태 못 보
았던 것일까? 그런 생각은 정말, 바퀴벌레보다 더 난데없고, 가당찮았다. 마
치, 육안으로 볼 수 없는 곳에 있던 것을 아버지가 발로 툭 차며 '여기 있잖
아, 임마. 멍청하긴.' 그렇게 말하는 것처럼 그것은 검게 반짝였다. 검은 것
이 반짝였다. 이 작품이 그렇다. 아버지가 돌아갈 것을 전혀 예상하지 못하
던 중에 대부분 씌어졌는데도, 아버지의 죽음이 작품 속에 반짝인다. 검게,
검은 것이……

　나의 아버지, 친구의 아버지. 나의 아들, 친구의 아들. 나의 부자—모자지
간과 친구의 부자—모자지간…… 모든 것이 흔들리고 겹쳐진다. 시간과 공
간, 그리고 생애가 혼동되고, 죽음과 삶이 혼동되고, 중첩된다. 혼동이 세기
말적인 것이라면, 그 중첩을 근본적으로 새로운 아름다움=틀로 만들어내는
것이 2천 년 밀레니엄을 맞는 일일까? 그래서 나는 '한 천년이 다른 천년에
게'라는 부제를 달았다.

1 첫, 입맞춤

슬픔은 늙지 않는 섹슈얼리티,
여인은 눈물과 幽玄 사이에서 운다.
'사이'도 청순하게 운다.
그렇게 우리는 죽음과 첫, 입맞춤을 지나왔다.
안개 짙은 강변 흩어지는 아름다운
手淫의 광경이 차오르고, 그 속에
영롱하게 흩어지는 이승과 저승의
비늘 물고기떼.
마침내 육체의 관능이
2차원 평면으로 깊고 깊어지는
여자여 포스터 여자.
현재의, 빛 바래는,
그러나 심오한 순간이 흘러갔다.

'나무.
키가 클수록 성성한 것은 죽음이야……'

그건 나무의 말씀도 인간의 말씀도

아니고 수풀의 마음자리가 수풀의
마음자리에 앉은 마음자리에 전하는
말없음표의 말.

그때 비로소 나무는
흔들릴수록 유구하고 검지.
그때 비로소 우리는
모종의 겹쳐진 기로에 서 있다.

하여, 보라. 비탈을 다스린 나무들 사이
공간 속으로 나무들의
이름이 사라지고 前生이 드러난다.
이제부터 누가 命名하겠는가 길과
길의 이름을?
새가 세상 밖으로 날고 바람이 바람의
散髮을 흩날리고 비가 내리고
계곡물이 불을 뿐이다.
그것조차 점점 옛날이야기처럼 들린다
개가 컹컹 짖고 인간의 비닐 천막이
제 혼자 피부를 떤다. 그것은 정말

가상 현실처럼 보인다.

식물의 상상력?

'내 몸의 여러 군데가 아직 살아 있어. 아니 여러 군데
가 벌써 죽어 있다. 아니……'

식물의 상상력.
그러나 기나긴
以前의 상상력.

보아뱀은 제 몸의 어드메쯤에서
육체 넘어의 상상력을 꿈꾸는가.
오, 햇빛은 슬프다. 굴참나무 상수리나무
뜸부기 쐐기풀 개똥지빠귀 온갖 명명이
재개되는
햇살, 눈물이 다시 散髮로 부서지며
광휘를 이루지.
그렇게 우리는 20세기, 멸망과 화해한다.

──미래는 따스한 거야
──아암. 그렇고 말고.

햇볕 부서지는
색깔이 쩡쩡한 소리를 내고,
다시 광경이 되고
거기 부끄런, 누추한, 눈부신 육체의 영정
그렇게 첫사랑이 지나간다.

혓바닥을 참으면 입술이 벌써
물고기.
피, 이슬 , 핏방울, 이슬 한 방울,
더 영롱한.
음악을 두드리는. 그러나 보았는가

악기와 음악이 겹쳐지는 순간처럼
음악 속으로 사라지는 악기의
모습처럼
유년 속으로 사라지는 죽음의
모습을 보았는가.

음악은 음악으로 돌아가며
남기는 만파식적, 검은 가면의.
죽음이 죽음으로 돌아가며
추문을 씻어내고
驚異와 방법을 씻어내고
지상에 남은 집 한 채, 비린 내음 간절하다.

　　'다리가 필요해. 아니면 어떻게 아름다움과 老年
　을 잇고 차마 생을 생이라 할 수 있겠니? 다리가 필
　요해 색즉시공 공즉시색의 다리……'

기교가 필요하다. '과' 와 '을' 과 '의' 의
중력을 뛰어넘는 기교.
그렇게 우리는 처음에 갇혀
들여다본다. 맑고 순정한 2중의 노년을
따스한 장난기로 포괄한 그 모든
허튼 짓들의 감동을.

노년의
과정인 일상을.

破鏡의 진리를.

꿈이여 세상이 이렇게 혼곤하다 삶은 삶은 달걀은 우
스꽝스러운 죽음을 집어삼키고 꿈이여 죽음이 명징한
내 몸에 네 몸이 이렇게 혼곤하다.

이제 닫으라 첫, 입맞춤.
이 세상의 모든 시인과 화가 경악의,
여성도 닫으라

그 후, 미래와 따스한 대화가 있으라
다시 그 후, 겸손함의 기적이 있으라

갈기발기 찢긴 고통이 순정해지는
눈물의 命名式.

눈물이 눈물로 돌아가는 눈물의
장례식과 첫, 입맞춤 있으라.

2 울음의 상자

神秘는 晉色이다.
오래된 골목에 아이들이 뛰노는 것처럼
오래됨도 뛰놂도 보이지 않고
그렇게 보면 골목도 아이도 보이지 않고
경계가 흐른다
흘러감이 보이지 않고
그렇게 우리는 魔脚을 다스렸다.

'얘야, 그건 숨길 수 없어. 제발……'

여성의 어머니, 潛伏하신다 '그게,
아녜요, 어머니가 정말 제발……'
그러나 어머니 자극하신다.

그래. 알았다니까, 제발. 그것만은……'

알고 있나. 잔치는 어느 시대에서 밀려와
꾸역꾸역 넘치고 있는지

알고 있나 웃음은 무엇의 구정물인지.

　'미안하다. 너를 만든 정자는
너무도 늙고 낡은 것이란다.'

알아요. 어머니. 어머니의 어머니.
영혼을 샘물로 비유한 까닭도 알아요……

　침묵은
가벼운 현기증을 동반하지, 그것(무엇, 침묵, 아니면 동
반? 아니면 가벼운 의문부호?)이 울음의 상자를 만든다.

　무엇? 동반과 被동반의 시공간 혼동, 아니면 제 몸에
구멍을 내는 질문들?
　아니면, 질문의 구멍들?

　그것이 울음의 상자를 만든다.
　울음이 담긴 상자가 아니라
　울음의 상자

면도날로 그은 線 속에 언뜻
중세 처녀의
허리가 드러난다.

그것이 또한
울음의 상자를 만든다.
울음에 속한 상자가 아니라
울음의 상자.
울음＝상자.
관능이 자신을 능가하는 순간
선율은 흐느끼고, 그때 명료한, 명료성의
명료성＝육체의
울음의 상자.

그래 난, 세상을 떠나는 리허설 중야
젊어지는 것은 이야기의
의상밖에 없다.

흐릿한 것은 모두 눈물의 시야였다.
하여, 죽음의 소맷자락 속에서

태양 아래 옹기종기 모인
두려운, 두근대는, 아름다운 것들아

따로따로 더 화려한 커튼을 치고
공포는 가장 명징한 질서,
보라 내 손 안에 팔딱 뛰는 물고기 한 마리

육체는 惡의 꽃을 낳고 정결하다

그렇게 상처가 악몽을 치유하고
비극은 운명적으로 평화롭다

스스로 참혹의 흔적을 지우는
응축과 확장, 가장 예민하게 광포한.
그렇게 또 다른 생애가 흘러갔다.

그건 네 생애가 아냐
네 안과 네 밖의, 이야기의 생애다.
시간을 선율로 빚어내는
음악은 그 생애의 의상으로 흘러갔다.

여성은 정신과 육체의 성스러운
통로로 흘러갔다.

그렇게, 신화의 역사적 출구가 열린다.

또 다른 생애가 가능할 것인가.
무엇을 더 인간화할 것인가,
음악의 이성과 광기를?
죽음이
경계 넘어로 흘리는 웃음을?

울음의 상자
중첩된 음악의 地圖.
이제, 손톱과 발톱을 깎으라.
침을 흘리던
육체가 그것말고는 없을 때까지

그렇게 문명이 젊어지게 하라
그렇게 죽음이 나무가 되고 숲을 이루고
그, 길이 되게 하라

악기들이 모인 그 나라
아름다움은 숭고하고 정결한 혼돈
죽음도 그렇게 하라.
울음의 상자
죽음은 숭고하고 정결한 혼돈.

아름다움＝죽음은
울음의 상자.

오래된 시간의
할아버지의 외투 속
낮게, 불안하게, 불확정하게
출렁이는 色의 육체의
바다, 바닷속

울음의 상자.
신의 어린 양
현대적.
참혹과, 경악을 다스리는 법.

幕間

'주근깨 소녀 여왕은 살 수 없어,'
유년과 치매의 간극은 눈물겹다. 때문에,
눈물의 부패를 넘어 4각으로 뜬 민요의
가장 난해한 비명 소리와
가장 밀접한
남성과 여성의 童話. '주근깨 소녀
여왕은 살 수 없지.' 그렇게 순정한
遺言이 투명한 죽음의 집.
'그곳은 내장처럼 투명하다. 그 속에서는,'
음악의 性도 투명하다.
울음에 찢긴 음악이
태초로 돌아가는 광경이 보인다
북구 신화가 다시 북구 대륙으로 되고.
그러나 지금은 고통이라는 안식처.
어디까지 화려하면
섹스는 음악으로 되는가? '유언은
변방에서 聖地에 이르지.'
'그게 유언이다.'

내 영혼의 아우슈비츠
음악은 광기가 광기를 관통하는
과정으로 흘러갔다.

소비에트는 민요 속으로 무너져갔다.

그러나 아직 아직 죽음은
세상을 촉촉이 적시는 가랑비

3 아무도, 아무것도 없다

시간이 사라지고 배경이,
물러나는 인파.

그 속에 두 자매의 家係가 보인다.
둘이 보이고 뒤섞인 것만 들린다.
이제 누추하지 않은 가계다. 모종의
냄새도 없다.

古典이 되는,
맑고 유구한 순간처럼.

죽음의 음색, 아니 죽음은 음색

뭇 새들 음악을
수풀로 착각한다.
그리고 착각은 停止다.

죽음은 童心에 물든 神性.

삶이 허무한 幻影이라면 음악은 잉잉대며 이어지는,
무엇의 液晶化?

　무대 위에 아무도 없고.
음악의 등장인물 더 잘 보인다.
죽음의 연극은
꽃잎 속을 닮았지.
펼쳐지고 또 펼쳐지는
아름다움은 소란스러운,
격동하는 죽음의 裏面.

　아름다움은 소란스러운,
격동하는 죽음의 裏面.

　가 닿는 내 몸의 끝은 음악인가
죽음의 의상으로 치장한 色,
安葬

　오, 끈질긴 여성이 찢어지는
비명 소리니이다, 아버지

거세된 웃음의 균열 속으로 귀를 닫고
음악의 性과 城을 여는
열쇠니이다, 아버지.

웃음은 포괄적으로 일그러진다.
그 속에
파경은 영롱하게 응축된 공포
그 속에
어디까지 응축되면 공포는
따스한 음색을 내는가.

그것이 멸망을 견디는
아름다움의 나이를 낳는다.

그렇게 구슬 같은 현기증이
세상 보다 넓은 門을 이룬다.

그때 우리는 젊음이 무르익는 음악사,
역사를 이야기할 수 있다,

천박하지 않게.
熱血과 진보를 혼동하지 않고.
더 아름다운 다음 세기의
육체를 말할 수 있다.

사라짐 속으로 사라지는 일의
색즉시공 공즉시색.
그것의 액정화.

삶과 죽음의 진혼곡의
변주곡과 변증법.
변주곡=변증법.

희극인 것이 비극적이고 비극인 것이 희극적인 것이
대중적이지 않은······

바로크, 여성이라는 요람을 떠나

대중과 화해하는 화형식을 지나

검은 영혼이 자신의 원초에 흔들리는
죽음은 처음의 性.

죽음의 아침과 대낮, 그리고 저녁을 지나

죽음은 음울한 목소리
바깥으로 퍼지는 안개비.

그것이 광대의 더욱 청정한
장례식을 지나——

눈 내려 산등성마다 새하얀 죽음의,
윤곽은 곡선이다.

異邦은 죽음의 탄생.
파릇한, 서투른,
왕성한, 대지의.

음악의 죽음은?

악기의 의상인 음색이 보이고
나부끼고, 사라지는
종소리.

이, 어지러운,
聖이 죽음이니이까 俗이
죽음이니이까

아무도, 아무것도 없고
신의 어린 양뿐이니이다, 아버지.

迷路를 벗어나는 길은
길이 아니지

생애를 닮은
미로의 중첩이
생애의 중첩으로 묻는다.

21세기의
이야기는 나이가 몇 살?

4 문학의 變容

캐시, 다정하게 끔찍한 그대 목소리

'사회주의는 우리 시대의
한 아이였어.' 오 햄릿, 오필리아,
마르크스, 레닌, 마오……

관 속에 웃는 자 셋,

'비명 지르는 자 넷.'

여자가 부족하다.
캐시, 다정하게 끔찍한 그대 목소리

피아노는 무너지지 않기 위해
예리한 육체를 드러내다.

未知다.
미지이다.

눈물의 대륙이 윤곽을 드러낸다.

문자 속은
명징하고 깊고 아름답다. '죽음
때문이지.'
부호와 의미 사이에 깃들인
흔들리는.

육체의, 육체적 상상력보다 더
액체적인

각성보다 더 현세적인
잠의, 세계의.

그래. 이제 우리는 다시 에덴 동산의
출구에 있다

아니, 입구인지도 몰라. '우리의 위치가
방향도, 불분명한 것이 아니라.'

입구와 출구 사이가 이리도 참신하게
약동한다.

 '애야, 미안하다. 노아의 홍수는
사랑 노래였단다……'

그렇게 우리는 최초의 죽음과 직면한다.

 '애야, 미안하다. 토막난 내 몸뚱어리는
사랑 노래였단다……'

그렇게 우리는 최초의 의식과 직면한다.

등이 무너진다. 아니 무너짐조차 없다!
분명 문명 수천 년은, 헛되었는가, 참혹하게
망가진 과거?

끊어지고 이어지는, 다시 끊어지는
이어지므로 끊어지고 끊어지므로

이어짐이 이어지는, '그렇게 여성의
중년도 섹시한……'

그것은 이방인이 대륙에 새긴
아름다운 비명 소리, 였던가?

노. 상처는 기억보다 거대하다.
상처를 다스리며 기억을 재생시키는

'귀향, 아버지의 죽음 속으로?'

노. 우리는 어른들을 너무 모르지.
우리가 본 것은 우리 자신의 죽음이다.

(얘야, 미안하다……) 그리고 파경의
가계가 보인다.

회상의 각을 뜨며 우리는
우리의 죽음과 화해한다.
이전과 이후와, 그리고 그 후와

우리는 우리의 생애만을 살 뿐이다.

보이지. 죽음은 스스로
제 속을 들여다보는 안경
一方으로는
거추장스러운 안경.

보이지. 凝集이 문체를 낳았다.

문체가 이야기를 점차 지우며
문체의 세계를 펼쳐가는
이야기가 보이지.

음악은 지휘봉 속으로 사라지다.

고전은 유구하게 흐느끼다.

그렇게 죽음의 벌도 사라지다.

아름다움이

피 묻은 제 손을 씻다.

돌아온 것이 아냐. 우린 죽음과
처음의 역사를 응시하고 있다.
하느님보다 더 뒤에서
말씀의 등을 통찰하고 있다.

(애야, 미안하다……) 그리고 파경의
가계가 보인다.
그 넘어도 보인다.

그러나 내가 느끼는 것은
모종의, 뒷골이 빠개지는
미래.
그것은 나의 뒷골이고
나의 미래다

이제 바람이 분다 비도
내릴 것이다.

그렇게 충만하였던 의미가
음악으로 충만하다.

에필로그

父親喪을 치르면서 내 두 아들의
키가 부쩍 컸다
물론, 슬픔의 키.
그러나, 또한 난해의 키?
喪主인 나의 키?
빈소와 염습과 친척과 문상객 사이
더 깊은
거리의 키?
그렇게 눈물 아롱 가계가 보인다.

의지의 충만에서 무의미의 역동성으로
— 김정환론

정과리

우리가 말의 힘을 말한다면 김정환의 시만큼 그에 맞춤한 것은 없을 것이다. 적어도 그의 시가 진화해온 역사를 보면 그렇다. 가령,

> 나는
> 네가 이렇게 말짱히 살아서
> 내 앞에서 눈이 부시게
> 나타나 서 있는 것만 해도
> 그저
> 말문이 떨리고 목이 메고
> 꿈만 같구나
> ——「지하철 정거장에서 · 둘」, 『지울 수 없는 노래』

라고 그가 말했을 때, 말은 발성되자마자 사건을 낳는다.

"말문이 떨리고 목이 메"일 뿐만 아니라, "꿈"의 세계로 진입한다. 그런데 꿈이야말로 말과 행동이 분리되지 않은 세계, 무의식의 언어로 무언가를 쓰자마자 그대로 그것이 현실로 나타나는 세계인 것이다. 물론 위 시구만 보고서 어떤 이는 꿈의 세계로 유도한 것은 '말'이 아니라 '시선'이라고 핀잔할 것이다. 말문의 떨림 등을 유발한 것은 "네가" "내 앞에서 눈이 부시게/나타나 서 있는," 눈의 사건이기 때문이다. 그러나 시구만 보지 않고 시를 본다면, 이것은 눈의 사건이 아니라 분명 말의 사건이다. 이 시의 '너'는 지하철 정거장에서 '나'가 겪은 환각 속에서 상봉한 친구이다. '나'는 지하철 정거장에서 "열차"를 보고 "열차의 기적 소리"를 듣는다. "친구여 나는 네가 이렇게/사지가 둘로 동강나는 아픔을 치르어내고"를 문자 그대로 받아들이면, 친구는 개인이 아니라 한국 현대사의 표상이다. "네 수척한 수천 수만 개의 표정"이라는 묘사에 의한다면, 그 친구는 단수가 아니라 집합체이다. 이런 '친구'는 환각 속에서만 나타날 수 있는 것이다. 공간과 부피와 무게와 시간 등 모든 존재의 경계들이 무너져 있기 때문이다. 그런데 이 환각 속에서 '내'가 보는 것은 "몹쓸 병" "곪고 썩어 역겨운 냄새가 코를 찌"르는 "희망" "안쓰러워 행여 슬퍼 보"이는 표정들이다. 이 참상을 "치르어내고/[너는] 생생한, 살아 꿈틀거리는 비린 몸짓으로/서 있"다고 '나'는 말한다. 어떻게? '차마 눈뜨고 볼 수 없는' 사건으로부터 '눈부신' 사건으로의 이행을 가능케 하는 매개물은 이 시 안에서는 하나도 없다. 게다가 이 두 개의 광경에서 시선은 태어나자마자 유폐당한다. 이 광경들은 시선의 결과이지만 동시에 폐—시선의 원인이다. '눈뜨고 볼 수 없고' '눈부시기' 때문이다. 이 폐—시선 사이의 이행을 주도하는 유일한 중개자는 그것을 그렇다고 진술하는 '나'의 말뿐이다.

말과 사건의 이 초고속 전이(轉移), 두 눈시울의 급속한 점멸을 가능케 하는 이 시의 '말'은 말이 아니라 의지 혹은 갈망의 권화이다. 아니, 말의 바른 의미에서 가장 본질적인 말이다. 말이란 그것이 태어났을 때 진실의 지시자이자 견인자로서 우뚝 섰기 때문이며, 그런 말들만 인류의 기억 속에 전승되었기 때문이다. 말의 원형은 성서와 사서삼경이다. 김정환의 초기시가 경전을 지향한 것은 그 때문이다. '황색 예수전'은 의지와 갈망의 총체이다. 폐허를 성전으로, 치욕을 위엄으로 단번에, 그러니까, 오직 글자의 운동만으로 치환하는 기계이다. 이 시절의 시가 온통 모순어법들로 뒤덮여 있는 것은 그 때문이다. "자유여 참상이여"(「하기식」, 『황색 예수 2』), "패이면 패일수록 불꽃이 튀는/ 아아 저 피비린 얼음의 살을 보아라"(「두 사람」, 『회복기』)……

그러나 김정환의 시는 잠언이 아니다. 잠언과 시를 가르는 결정적인 기준은 말의 위치이다. 잠언에서 말은 항상 사건의 위에 혹은 앞에 있다. 벌어진 사건에 대해 발설된 말이라도 그렇다. 왜냐하면 잠언은 항상 궁극에 기댄 말, 종말론적 담화이기 때문이다. 그에 비해 김정환의 시는 사건 속에 있다. 아무렇게나 시구를 뽑아보자.

사울은 땅에서 일어나 눈을 떴으나 앞이 보이지 않았다. 그래서

사람들이 그의 손을 끌고 다마스커스로 데리고 갔다.
9장 8-9절

아직은 내 곁에 둘 수도 없고
버릴 수 없네, 꽃은 새가슴 새근대는 향기를 지니고
연약한 허리, 하얀 허벅지를 지니고
흔들려, 속이파리째 파르르 떨리는 동안
흔들려 흔들려 참을 수 없이
그러나 내게는 땟국 젖은 입술이 있어
갈라져 두터운 손바닥이 있어, 사내의 털난 가슴
거칠은 호흡, 열매를 바라는
숨가쁜 욕망 피비린 혁명이 있어
꽃에게 줄 것은, 순식간에, 짓눌러 부숨.
그러나 꽃과 나 사이엔 빼앗긴 식민지가 있어
분내 나는 프랑스가 아메리카 성병이 있어
칼날 숨긴 유혹과, 도취와, 타락과, 메스꺼움과, 아름다움과,
지배, 피지배
아아 왈칵 쏟아질   ──「다시, 꽃」, 『황색 예수 2』

시 머리에 인용한 구절은 성경에서 옮겨온 것이다. 시인
은 이 성경의 말씀과 자신의 시구를 이어서 배치함으로써,
자신의 시가 진리의 개진임을 가리킨다. 그러나 둘의 말법
은 그저 동일하거나 연속적이지 않다. 머리 인용은 한 사
건을 있는 그대로 기록한 것이다. 사울의 행적을 성경을
통해 미리 알지 못한 상태의 독자라면 더더욱 그렇게 읽을
수밖에 없다. 그러나 이 기록은 아래의 시구와 대조되어

서서히 사건의 배후로 물러난다. 그 첫번째 표지는 동사의 시제이다. 성경의 과거형은 독자에게 곧바로 그 지나간 사건의 결과를 궁금케 한다. 그리고 그 결과가 아래에 씌어진 시의 내용을 이룰 것이라고 기대한다. 그런데 시는 결과를 보여주지 않는다. 그것은 어떤 현재적 상태, 결코 결정되지 않았고 안타까움과 갈등으로 몸부림치는 상태를 적는다. 물론 그럼에도 불구하고 시에서도 결론이 없는 것은 아니다. "내게는 땟국 젖은 입술이 있어/[······] 피비린 혁명이 있어"로 숨가쁘게 나열된 확신의 항목들은 시 또한 미정의 상태로부터 곧바로 단호한 결론으로 직행한다는 것을 보여준다. 그러나 그 확신은 대번에 "그러나 꽃과 나 사이엔 빼앗긴 식민지가 있어/분내 나는 프랑스가 아메리카 성병이 있어"의 확인에 의해서 뒤집어진다. 갈등의 상황은 확인에 의해 무마되지만 확언은 다시 확언에 의해 뒤집어져, "도취와, 타락과, 메스꺼움과, 아름다움과, 지배, 피지배"라는 결코 해소되지 않을 모순의 상황, 즉 현재진행형의 상황으로 욱신거린다.

그러나 경전은 시의 끈덕진 배후로 작용한다. 그 때문에 시는 현상들의 세계를 관통하는 대신에 끊임없이 진리와 말씀을 향하여 치받는다(이 시가 확언들의 순환으로 귀결하는 것은 그 때문이다). "그대/앙칼진 사랑의 무기"(「사랑 노래·셋」, 『지울 수 없는 노래』)라고 말하는 표현을 읽었을 때, 혹은 "기름 묻은 근육에 핏줄 불끈불끈 솟는 것"(「타는 봄날에」, 『지울 수 없는 노래』)을 볼 때, 독자는 그 치받음의 생생한 모습을 그대로 느낄 수 있을 것이다. 이 치받음이 잠언의 내리침과 결정적으로 대립되는 면이다. 치받음은 내리침과 어떻게 다른가? 사건의 내부에 머물면서 사건 넘어로 초월하려는 의지가 압도할 때 사건의 현장은 단박에 무의미의 파편들로 산산이 조각난다. 시인이 시의 기본 정황을 "저질러진 역사"라고 지칭하고, 그의 시에 "희망은 곱고 썩어 역겨운 냄새가 코를 찔러도"(「지하철 정거장에서 · 둘」, 『지울 수 없는 노래』)에서처럼, 피 · 똥 · 오줌 · 눈물 등 질펀한 액체성의 이미지들로 넘실대는 것은 그 때문이다. 이 액체성이야말로, 이미 썩고 있는 무너짐, 그리고 대책 없는 쏟아짐이다. 그것은 의미의 붕괴를 넘어 무의미의 만연, 아니 격렬한 무의미화를, 그가 자주 쓰는 용어를 빌리자면, "적나라"하게 재현한다.

아마도 김정환을 '물의 시인'이라고 명명해도 괜찮으리라. 그에게서는 어떤 감각들도 물의 이미지를 경유한다. "흩뿌리고 지나간 남은 불빛"(「순천역」, 『황색 예수 2』), "이 밤 또다시 별빛은 이슬로 쏟아져내리고"(『황색 예수 3』), "배추 껍질 진흙창에 나뒹구는 시장 바닥"(『황색 예수 3』) 같은 시구들은 그의 시에 편재한다. 이 물들은 죽음의 물이다. 김정환의 물은 넘쳐남, 썩음, 더러움의 속성을 가지고 있다. 그것은 삶에 가해진 폭력으로 인해 탈의미의 나락으로 굴러떨어진 존재들의 붕괴의 광경, 끝없는 무의미의 복제이고 그것들의 디아스포라diaspora이다.

김정환의 물은 '오물'이다. 모든 단단한 것들이 곱아터져 질질 흘러내린 것, 그것이 김정환의 액체성이다. 그러나, 실은, 그렇기 때문에 그의 오물은 역설적으로 생명수이다. 그가 왜 이 오물들이 증가하는 사태를, 오물들이 넘쳐나는 광경을 되풀이해 보여주는가? 그것은 죽음의 순간을 최대한도로 늘이는 행위이다. 본래 죽음은 시간의 정지이다. 그런데 시인에 의해서 그 정지는 영원한 운동으로 바뀐다. 다시 말해, 죽음 안에 가장 밀도 짙은 생이 개입한다. 이것이 시인이 경전을 도입한 실상이다. 굴러떨어지는 것들의 되풀이되는 치받음이 그것의 의미이다. 생의 가속적인 무의미화에 죽음의 반복적인 의미화가 포개지는 것이다. 그럼으로써 해체와 분산의 액체성의 이미지들은 끈적거리는 점액질을 통해서 실물감을 획득한다. 가령, "그대는 내 눈물 거치른 시야 속에서/출렁거리나니, 대책 없는 물기로/목젖에 미치는 불덩이로/뜨거워 뜨거워 못 참고 흘러서 적실 때"(『황색 예수 3』)라고 시인이 말할 때 저 눈물의 출렁거림은 "거치른 시야"의 '거칢'을 더욱 부각시키며, 동시에, 그 '거칢'에 습기를 스미게 해 "못 참고 흘러서 적"시게 한다. 생의 파열은 그대로 죽어가는 생명체들의 꿈틀거림이 된다. 물[水]로부터 오물(汚物)로의 전화는 그러니까 박탈당하는 의미의 공백에 존재의 구체성을 채운다. 그것은 진리의 절실성에 못지않은 생의 절실성을 확보하는 절차이다. 그뿐만이 아니다. 이로부터 김정환적 액체는 부정적 현상이기를 그치고 적극적 역할을 부여받는다. 왜냐하면, 액체는 그의 늘어나는 성질로 말미암아, "우리들 사랑에 섞인/액체"(「사랑 노래 · 하나」, 『지울 수 없는 노래』)에 표현되어 있듯이, 보편적 연대를 가능케 하는 매질이기 때문이다. 그 액체는 "그 어쩔 수 없음의 어마어마한 액체"이다. 애초에 죽어가는 것의 어쩔 수 없는 터짐은 이제 그 어쩔 수 없음의 불가피성을 그대로 간직하고서 생의 필연성을 선취한다. 이때가 되면, 메마른 것, 깨끗한 것,

확실한 것이 오히려 무의미이다: "30킬로그램도안된다는 결벽심한몸매그결벽의한계에대해서 나 는 절 규 했 다!" (「광복절 일기」, 『회복기』); "헤어지고 또 헤어지는 이 공복이 갈증으로/세상은 의미 없는 아우성만 남고"(「이별 노래」, 『황색 예수 2』). 그리고 넘치는 액체성은 해방과 희열의 표상으로 확대된다: "내 잠자리는 밤마다 밤마다 젖어도 좋다"(「한강 · 둘」, 『지울 수 없는 노래』); "꿈에도 그리던 해방 되고 바닷물 굽이쳐 춤췄어"(『 황색 예수 3』).

김정환이, 채광석과 더불어, 사회 변혁의 담지자로서 노동자를 지목하고 그 노동자의 존재적 특성을 "헐벗었기 때문에, 헐벗을수록, 더욱 차오르는 새 삶의 가능성"으로서 규정했던 것은 주지의 사실이다. 이러한 정치적 태도가 그의 시적 마술과 맞물려 있음은 두말할 나위도 없다. 하지만, 그렇다는 사실로부터 독자는 중요한 한 가지 발견을 하게 되는데, 그것은 그의 정치적 논리가 소박한 민중주의와 다르다는 것이다. 후자에게서 민중의 변혁 가능성은 그의 '순수성,' 즉 부르주아 사회의 더러움에 물들지 않았다는 사실(추정)로부터 온다. 이 순수성이 그러나 일종의 허구임을 우리는 8,90년대의 실제적 경험을 통해 확인하게 된다(이것은 또한 20세기 중반기에 서양의 몇몇 지식인들이 깨달은 것이기도 하다). 그런데 시에 비추어볼 때 김정환의 정치적 논리에는 '순수성'이 매개항으로 놓이는 것이 아니라 오히려 불순함, 더러움이 매개항으로 놓인다. 그것은 그가 폐허의 정황 속에서 파괴된 것을 보지 않고 파괴되어 가는 모습을 보았기 때문이다. 이 파괴되어감의 운동성이 그에게는 곧바로 건설의 운동성으로 전환되었던 것이다.

"부디 살아 있는 자만이라도 아픔의 생생한 상처를 찾게 해달라"(「사랑으로서의 지진에 대하여」, 『황색 예수』)고 그는 말했거니와, 그 생생한 상처야말로 그 전환의 심원, 좀 더 정확하게 말해 편재적 심원이다. 왜 편재적이냐 하면, 그것은 상처입고 피 흘리는 장소라면 어디에서든 형성되는 곳이기 때문이다. (그러나 다시 이야기되겠지만, '순수성'은 시인의 항상적 강박관념으로서 작용한다. 그것이 『기차에 대하여』에서 추진된 배제의 변증법의 근거가 된다. 순수성은 김정환 시의 매개항은 아니지만 끈질긴 간섭항이다.)

김정환의 물의 시학은 넘치는 주관성의 세계, 비린 육체의 세계이다. 아마 그래서였을 것이다. 한 사람의 독자로서 내가 그의 『기차에 대하여』를 전율과 함께 읽고서 그 이후 다시 들쳐보지 않았던 것은.『기차에 대하여』는 절정이자 동시에 정지였다. 그것은 헐벗음, 충만함의 김정환식 정치학을 가장 높이 끌어올리는 동시에 헐벗음의 폐기를 집행한다. 물론 그곳에서도 헐벗음, 굶주림, 약함은 빠짐없이 등장한다. 그것들은 여전히 생의 조건, 아니 '살아냄'의 조건이다. 그러나 그 헐벗음, 굶주림, 약함은 곧바로 과거로 물러나버린다. 가령, 『기차에 대하여』의 화자는 말한다: "물론 그렇다 끝내 완강하게 버팅긴/슬픔의 변혁 의지가/배부른 자 최고의 지평을 적실 뿐만 아니라/또한 아프게 넓힌다"고. 그러나 그는 서둘러 잇는다: "그러나 그렇게 약한 고리는/강하기 위해 있다"라고.

그전의 시에서 헐벗음과 충만함은 함께 있었다. 그러나 이제 거기에 시간이 개입한다. 시간이 개입하여 어떤 일이 벌어지는가? 그것을 가장 명료하게 보여주는 것은 다음의 구절이다.

> 사람이 사람을 착취하는,
> 기차를 뺀다면 80년대는
> 그렇게 환장할 백치미의 양갈보와
> 식민지 半封建의 어머니
> 그리고 고층 빌딩의 바퀴벌레 같은
> 매판 세일즈맨과
> 눈물과 색정을 섞은
> 음란 영화 포스터 말고 뭐가 남겠나
> ──「우리가 누추하다는 말은」,『기차에 대하여』

　이 구절에서도 저질러진 역사의 세목들은 빠짐없이 재등장한다. 그러나 이 세목들은 여기에 와서 집중된다. 기차로. 그렇게 집중되는 대신, 다른 것들, '양갈보' '어머니' '세일즈맨' '음란 영화 포스터'는 모두 배척된다. 그것들은 기차에 비한다면, 그저 부정적 생의 부정적 양태들일 뿐이다. 오직 기차만이 부정적 생을 부정하는 힘이다. 기차의 부정성은 이제 선택적 부정성이 된다. 그러니까 우리는 이렇게 말할 수 있다. 시간의 개입은 배제의 변증법을 발동시켰다.

　이와 더불어 물은 빛과 결합한다. 선택된 부정성(기차)은 이미 성화된 것이다. 김정환의 근본 이미지가 물이라면, 저 피비린내 나는 썩은 물은 어느새 빛을 머금는다. 그리고 빛을 머금은 물은 곧바로 쇳물로 딴딴해진다.

음침한 시대가, 끝났다는 듯이
기름 묻은 이슬이 검게, 선로 위에서 반짝인다
　　　　　　　——「검붉은 눈동자」, 『기차에 대하여』

검게 젖은 나뭇가지 사이 촉촉한
　　　　　　　　　——「나비」, 『기차에 대하여』

함성 위에 굵은 눈물로
더욱 강인한
철길 위해　　　——「철길 위에 쓴다」, 『기차에 대하여』

눈물의 빛
강인한 눈물의 토대로 생산과
찬란한 눈물의 근육과 투쟁과
영롱한 눈물의 얼굴과 젖가슴과
　　　　　　　——「서시 · 美人」, 『기차에 대하여』

　이슬은 이미 기름 묻어 반짝이고, 나뭇가지는 젖어도 검게 젖어 딴딴하게 빛난다. 눈물의 물길은 강인한 "근육으로 역동한다." 그리하여 "눈물에도 화살이 들어 있"(「전선은 눈물을 향해」, 『기차에 대하여』)어 다음의 구절:

혼자이지만, 하나가 아닌 울음 속에서
탄생한 빛을
무쇠로 부딪쳐왔던
방패와 어깨의 충돌 속에서 탄생한

강철보다 견고한 눈물의 조직을
                    ──「울음, 그리고 빛」, 『기차에 대하여』

은, 이 눈물+빛=근육 무쇠의 연산식을 집약적으로 지시
한다. 그렇게 해서 탄생한 무쇠의 구조물이 바로 기차이
다. 그 "기차는 역사이므로 아름답다"(「아름답지 않은 것
은」, 『기차에 대하여』). 그리고 이 기차에까지 와서 눈물은
이제 없다. 오직 번쩍이는 빛만이 있을 뿐이다. 『기차에 대
하여』의 마지막 시구는 이렇다:

그날, 낮과 밤은 노동자 계급으로 찬란하고
마지막 남은 어둠 속에서
명멸하는 것은 모두 의로운 죽음이나니
                    ──「찬가, 그날」, 『기차에 대하여』

그러나 "그날"은 오지 않았다. "내가 달려간 곳에 너는
없었다"(「우리가 없다면」, 『사랑, 피티』); "봄이 왔지만 혁
명은 오지 않았다"(「메이데이의 노래」, 『사랑, 피티』). 아직
도 관성처럼 치솟음의 운동을 계속하고 있는 그 찬란한 절
정에서 배제의 변증법은 몰락한다. 그것이 시의 내적 결과
인지 아니면 오직 현실 사회주의의 붕괴를 지칭하는 것인
지는 분명하게 말할 수 없다. 어쨌든 현실 사회주의의 몰
락이 시인으로 하여금 자신의 시를 근본적으로 재검토하
게끔 했다는 것은 분명하다. 왜냐하면 그는 그의 시적 질
료를 잃어버렸기 때문이다: "더 이상 너를 빛낼 어둠이 없
다/더 이상 너의 눈물을 빛낼 꽃이 없다"(「사랑 노래 1」,

『희망의 나이』).

희한하게도. 혹은 당연하게도, 시인은 그의 시적 정황의 모태로 회귀한다. 어떤 의미도 갖지 않은 현실, 오직 무의미를 향한 찢김과 붕괴와 피흘림의 현상학적 현실로. "오나는/붙들 것이 현실밖에 없다"(「첫눈」, 『희망의 나이』)고 시인은 쓴다. 이 말을 김정환만이 한 것은 아니다. 그러나 김정환의 이 진술은 다른 누구의 어떤 말보다도 절실하다. 왜냐하면, 그는 그 현실에 역사와 기억의 힘을 가지고 오지 못하기 때문이다.

> 역사를 강물로 비유한 것은 옳지 않았다 세월도
> 보라 옳은 것은, 사실 옳았던 것이다
> 남은 것은 역사 속에
> 남은 자의 몫일 뿐이다
> 남은 자의 기억은 옳지 않았다
> 피비린 기억보다 더 많은 것이 이룩되었다
> ──「스텐카라친」, 『하나의 2人舞와 세 개의 1人舞』

실은, 역사를 강물에 비유한 것은 스텐카라친이 아니라 시인이었다. 그 비유가 옳지 못했다고 시인은 쓴다. 그것은 그가 물 무쇠의 변증법을 지탱할 수 없다는 것을 가리킨다. 그런데 기억은 무엇인가? 본래 김정환에게 기억은 주요 의미소가 아니었다. 기억은 그것이 되풀이의 가능성으로 존재할 때만, 다시 말해 순환의 형식을 가질 때만 의미 있다. 그 순환이 다람쥐의 순환이든, 나선형이든, 소용돌이든, 영원한 파문이든. 그런데 그는 순환을 거부했었

다. 시인은 "모두 휩쓸려간 황량한 벌판의 끝에 서더라도/
마침내 겨울이 오고 계절이 뒤바뀌는/역사의 순환 논리에
너는 귀기울이지 말거라"(「아들 노래」, 『황색 예수 2』)라고
당부했었다. 그가 보기에 "역사는 앞으로 앞으로 진보할
뿐"이기 때문이다. 그때 그에게는 기억이란 하찮은 것에
지나지 않았다. 그런데 그는 이제 "우리들의 기억이/피비
린 동안 그 모든 기억의 육체는 갔다"(「프롤로그」, 『하나의
2人舞와 세 개의 1人舞』)고 말한다. 이 '기억'이 그의 역사
를, 그런데 이제 '지나가버린' '역사'를 뜻한다는 것은 금
세 알 수 있는 일이다. 그렇다면, 그가 역사와 기억에서 어
떤 힘도 얻지 못한다는 것은 결국 그의 물 무쇠의 변증법
을 원리로서도, 체험으로서도 가지지 못한다는 것을 뜻한
다. 그것을 그는 "거대한 탕진"이었다고 적는다:

> 다만 거대하게
> 탕진되는 무엇이 거대하게 무너지고
> ──「스텐카라친」, 『하나의 2人舞와 세 개의 1人舞』

　　일찍이 그는 거대한 탕진을 예찬한 바 있다: "잠든 자를
깨우는 경건함으로/이 밤 너의 맘 모든 것을 탕진하라"
(「단식 노래」, 『황색 예수 2』). 이 거대한 탕진이 왜 필요했
던가? "헐벗음과 찬 서리와 노동과 순결을 만나"기 위해서
이다. 다시 말해, 세상을 "온통" "뒤덮"고 있는 "화려함"을
비워내고 "말라비튼 몸으로 현기증으로" 다시 태어나기 위
해서이다. 이 대목에서 순결성은 목표가 된다. 그는 더러
움과 피비린내를 생의 동력으로 삼긴 했으나, 그 동력은

라블레적인 거인의 파노라마로 나아가지 않았다. 그 더러움의 목표는 순결이었고, 마찬가지의 논리로 역사의 목표는 역사의 소멸이었다.

이 순결의 강박관념, 소멸의 꿈은 그의 시에서 은밀히 감추어져 있었다. 그것은 그의 시의 미덕이기도 하다. 감추어진 것은 그만큼 목표로서의 힘을 상실하는 법이기 때문이다. 그래서 그의 시에서는 탕진의 분출력이 거대하게 용솟음쳤다. 그러나 숨어 있는 것은 기회를 만나면 거침없이 부상한다. '순수성'이 그의 시의 매개항은 아니지만 간섭항이라고 말한 소이이다. 그리고 그는 그 목표가, 혹은 강박관념이 탕진의 절정에서 단단한 형상으로 빚어졌다가 곧바로 무너지고 마는 것을 목격한다.

독자는 이렇게 물을 수도 있을 것이다. 그의 탕진과 순결 사이에 연속성이 없었더라면 어떠했을까? 다시 말해, 그둘이 갈등을 일으켰다면? 아마도 시인은 성찰의 시학을 향해 갔을지도 모른다. 그러나 그것은 시인의 개인적 체질과 관련되어 있는 것이며, 그것을 모든 시인에게 요구할 수는 없는 법이다. 김정환에게는 김정환의 길이 있을 뿐이다.

이제 시인은 다시 그 거대한 탕진을 말한다. 표면적으로 문제는 그 탕진이 아니라, 그 탕진이 무너졌다는 데에 있다. 그러나 이미 어조는 완연히 달라졌다. 예전의 능동성은 수동성으로 바뀌었다. 그리고 탕진은 에너지의 이동이 아니라 그것의 붕괴로 지칭된다.

그러나 여기가 핵심의 지점이다. 그는 여기에서 그의 시의 출발점으로 회귀하였다. 오직 현실만이 존재하는 곳으로. 현실만이 존재하는 곳은 무의미가 만연한 곳이다. 그

러나 그때 의미의 편재적 치솟음의 자리가 무의미가 낭자
한 곳이었음을 회상할 수 있으리라. 시인은 에너지 보존의
법칙을 정확히 측정하고 있었다. 그에게 역사는 이제 힘이
되지 못하지만 그러나 그럼에도 불구하고, 아니, 그 덕분
에 에너지가 다른 데로 빠져나가지 않고 바로 '지금' '여
기'에서 무겁게 가라앉아 있다는 것을 그는 뚜렷이 본다.

    역사상 쓰렸던 모든 패배들이 현실에서 중첩되고
    스스로 무거워하고 있다,   ─「戰士」, 『희망의 나이』

는 그 인식의 표현이다. 그 인식은 무의미의 무거움을 의
미의 불투명성과 동의어로 파악하게 한다.

    그러나 지금
    육체는 불투명하고
    당분간 역사는
    불투명한 채로 아름다울 뿐이다
        ─「육체의 언어」, 『하나의 2人舞와 세 개의 1人舞』

혹은,

    그곳은 더 멀어졌다 괴로운 사람들은
    앞으로 얼마든지 있을 것이다 우리도
    距離 때문이 아니라 距離 속에서 아니
    距離 속으로 괴로워야 한다 누가
    분명하게 짓밟는다   ─「별」, 『텅 빈 극장』

100

삶은 필연성이다. 때문에, 괴로움도 당연하고 짓밟힘도 분명하다. 중요한 것은 그러한 사실이 삶의 현전을 증거한다는 것이다: "그 우울이 백성들을 이끌어온 내용이다"(「삼중주」, 『순금의 기억』). 『순금의 기억』은 이렇게 메지난다.

> 그러나, 그러니
> 부디 견딜 수 없는 죽음만 轉化, 電話하기를.
> 눈에 펼쳐지는 마지막 장면의 장관.
> 그러나 나는 그냥 반짝이는 우물을 보았을 뿐이다.
> 평양 기생의 눈동자처럼 엄정하게
> 검게 반짝이는 우물을. ──「죽음의 전화」, 『순금의 기억』

이 검게 반짝이는 우물은 더 이상 저 검게 번쩍이는 무쇠가 아니다. 화자는 "그냥 반짝이는 우물을 보았을 뿐"이다. 우물은 쇠가 아니라는 뜻이 아니다. 무쇠는 더 이상 그의 육체, 그의 눈물의 권화가 아니라는 뜻이다. 무쇠는 물로 환원된다. 그 환원된 물의 고임, 그것이 우물이다. 그 환원과 함께, 그것의 어느 한 부분이 삶의 경계 저 넘어로 탈락한다. 그것이 그 자체로서, 그 자체의 꿈틀거림으로 증거하던 생의 원기가. 그것은 단지 저 넘어에서 반짝일 뿐이다. 여기에 남은 것은 거대하게 탕진된 죽음의 덩어리들이다.

『순금의 기억』의 마지막 시편은 이제 우리가 펼쳐든 시집, 『해가 뜨다』의 집약적 암시로 기능한다. 여전히 이 생에 남는 것이 있다. 그것은 죽음의 덩어리이다. 좀더 정확하게 말하면 생의 공간에 버려진 죽음의 덩어리이다. 그 덩어리의 빛은, 즉 뜻은 생의 경계 넘어로 건너가버렸다. 그 덩어리와 빛이 만나려면, '전화'가 있어야 한다. 그 전화(電話)는 전화(轉化)를 짝으로 한다.

> 영원은 아름다움의 주소가 아니라 무게다
> 아버지가 아버지의 죽음으로 반짝인다
> ──「금딱지 롤렉스」

영원은 이곳에 무게로 남고, 저곳에서 반짝인다. 이것이 『해가 뜨다』의 기본 구도이다. 이 기본 구도는 시인에게 무엇이 남았고 무엇이 달라졌는가를 잘 보여준다. 우선, 시인은 전망을 버렸다. 그와 더불어 전망에 도달하기 위한 방법론적 기제도 버렸다. 바로 물 무쇠의 변증법 말이다. 그러나 시인은 그 전망을 도출하게끔 했던 삶이라는 재료는 버리지 않았다. 아니, 더 나아가, 전망과 전망의 방법론까지도 삶의 재료로 환원시켜버렸다. 그럼으로써 오히려 삶의 재료는 더욱 두꺼워졌다. 그 환원의 결과, 전망은 이곳에서 붕괴하지만, 저곳에서는 "미래의 홍조"로 빛난다. 그것은 시인이 전망은 상실했으나, 옛날의 희망은 포기하지 않았음을 보여준다. 그런데 그 희망은 방법론이 없는 희망이다. 뿐만 아니라 치명적인 분열에 발목 잡힌 희망이다. 희망의 근거와 장소가 분리되었기 때문이다. 방법론이 없이, 이 치명적 분열을 안고 희망이 어떻게 달성될 수 있는가?

「죽음의 전화」는 '전화(轉化)'가 필요하다고 말했다. 그 전화의 구체적인 내용은 이렇다: "부디 견딜 수 없는 죽음만 전화(電話), 전화(轉化)하기를." 이것은 또한 배제의 변증법인가? 아니다. "이것은 견딜 수 없는 죽음만 전화가 가능하다"는 뜻이 아니기 때문이다. 오히려 이것은 죽음에 대한 요청이다. 그 속뜻은 "전화하려면, 견딜 수 없는 죽음이 되어다오"일 테니까 말이다. 또한 시는 분열을 명료하게 인식하고 있다. 그 전화(轉化)는 전화(電話)와 함께 이루어질 수밖에 없다. 다시 말해, 어떤 중개를 거쳐야 한다. 그 중개를 거치지 않으면 지난날의 탕진을 되풀이할 것이다. 그 탕진에 대한 두려움이 그를 "설사의 공포 속으로 격리시킨다"(「길을 돌아가다」).

『해가 뜨다』의 시적 전환점은 이 물음에 놓인다: 중개의 통로를 어디에서 찾을 것인가? 시인에게 문제는, 그 통로가 발견될 수 없다는 데에 있다. 왜냐하면, 그는 전망과 방법론의 폐기를 거쳐 삶의 재료들로 귀환하였으므로. 하지만, 발견할 수 없다면, 만들어야 한다. 그 스스로.

한데, 제작자로서의 주체는 삶의 재료에 머물 수가 없다. 그것은 불가피하게 시의 주체를 시의 현장으로부터 분리시킨다. 그럼으로써 시인은 태어나서 처음으로 개인으로서 독립한다. "태어나서 처음으로"라는 진술은 그 이전의 시에서 김정환적 주체는 결코 '개인'이 아니었다는 뜻이다. 그 주체는 언제나 집단의 권화 혹은 계기였다. 그렇게 된 것은 그 집단이 인식의 주체이자 동시에 행동의 주체였기 때문이다. 좀더 정확하게 말해, 그렇게 시인이 보았기 때문이다. 그런데 이제 인식 주체와 행동 주체는 분리되었다. 행동 주체는 불활성의 덩어리로 굳었고 인식 주체는 그 덩어리로부터 떨어져나온다. 떨어져나오며 심한 외로움과 무기력에 시달린다. 그래서 묻는다: "빛이던 눈과 지도였던 두뇌와…… 그 모든 것이/사실인가"(「and/between」) 이 질문과 더불어 그에게 세상은 낯섦과 당혹감으로 가득 찬다.

> 88고속도로에 차가 밀리면서
> 내 뚱뚱한 뱃속에도 길이 난다 꾸륵꾸륵 소리를 내는 설삿길
> ──「길을 돌아가다」

차가 가득 밀린 88고속도로는 죽은─삶의 덩어리, 무의미의 덩어리이다. 이 덩어리가 화자에게 어떻게 작용하는가 보라. 그것은 그 자체로서는 불변한다. 대신 두 개의 길이 난다. 하나의 길은 택시 운전사가 낼 '돌아가는' 길이다. 그 길은 덩어리를, 즉 세상을 인식하고 그것으로부터 회피하는 길이다. 그러나 '나'는 그 길에 동조하지 못한다: "마음의 고개를 끄덕였지만 기사처럼 씨팔 소리를 덧붙이지 못했다/마음으로도." 왜냐하면, "설사 때문에." 설사는 물론 생리적 현상이지만 이 시 안에서는 88고속도로의 내부로의 전이이다. 바깥에서 뚫리지 않은 길을 대리한다는 것이다. 그 대치는, 그러나, 비정상적 대치, 즉 바깥의 막힘을 보상하지 못하는 대치이다. 그것은 한편으로 바깥(무의미)을 재생산하면서(설사되는 음식물들), 다른 한편으로 몸의 고립(설사의 고통으로 인한 바깥으로부터의 격리)을 야기한다. 이 구조는 시인이 직면한 문제틀을 정확하게 되풀이한다. 이 문제틀에 의해서 과거는 되풀이되면서 동

시에 파괴된다. 아니 실은 과거는 복구된다. 그런데 복구는 훼손된 것의 수선이 아니라, 은폐된 것의 드러냄이다.

> 한번은 너무 급해서 저 소음벽 사이를 꿰뚫은 적이 있다. 아파트
> 뒷동산 야트막한 숲, 그 속에서 엉덩이를 허겁지겁 까내리고 똥을 누다가
> 산책로를 심심하게 달리는 웬 평화로운 주부와 빤히 눈을 마주쳤었다
> 더 평화로운 무념무상의 표정으로. 숲은 야트막해서 내 백주 대낮의 배설을
> 발각시키지만 주부와 나 사이 수치심을 어느 정도 무마시켜 준다. ──「길을 돌아가다」

그때는 괜찮았다. "주부와 나 사이 수치심"을 "숲"은 무마시킨다. 주부, 자연, 나 사이엔 자연스런 이어짐이 있다. "자연은 향그러운 내음과 분뇨 냄새 사이에 존재한다는 듯이." 그러나 그때는 "모르고 들어가서 별천지였"다. 지금은 아니다. 알아버렸기 때문이다. 그때의 자연스런 이어짐은 실은 의지를 자연화한 힘이었다는 것을(그는 자연의 순환성을 부인한 바가 있다. 그럼으로써 자연의 순환성을 수직성으로 대치시킨 것, 그것이 자연이 되었다). 나는 자연으로부터, 아니, 세상으로부터 분리되어 떨어지며, "구슬 같은 현기증"(「바닷속」)을 느낀다.

19세기의 철학자 조아심 리터Joachim Ritter는 풍경의 탄생을 인간과 자연의 '반목divorce'(divorce의 통상적인

뜻은 '이혼'이다. 어쩌면 이 후자의 역어가 더 실감날 수 있겠다)으로 정의한 바 있다. 김정환의 '개인'은 '인간'과 '인간들'의 분리에서 비롯한다. 그 인간들의 세계는 그에게 괴이한 풍경으로 변한다. 그가 '파경'이라는 이름으로 지칭하는 세계, 그 세계이다.

이 최초의 개인은, 그러나, 제작자의 운명을 지고 태어난다. 그는 로빈슨 크루소 식의 개척자와도 다르고 돈 키호테 식의 광인과도 다르다. 로빈슨 크루소와 달리 그는 삶의 재료를 이미 인간 세계에서 가지고 있으며(적어도 재료화된 형태로), 돈 키호테처럼 생을 욕망화하기에는 그의 인식은 너무 명료해졌다. 이 '최초의 개인'은 인간의 생을 풍경으로 인식한다. 즉 그는 그것을 객관성으로 받아들인다. 그리고 그에게는 이 객관성을 변형시키는 과제가 남는다.

이 제작자의 조건은 재료는 넘치는데 방법은 없다, 라는 것이다. 그 방법을 그는 재료에서 구할 수 없다. 왜냐하면, 그의 재료는 이미 방법조차 재료로 환원된 탕진된 생이기 때문이다. 그가 그 방법을 찾을 수 있는 곳은 그 자신밖에는 없다. "오 나는 붙들 것이 현실밖에 없다"는 그의 탄식은 그 스스로에 대해서는 "오 나는 믿을 것이 나밖에 없다"라는 진술로 나타날 수밖에 없다. 그 진술이 효과를 생산하는가?

그렇다. 그는 풍경(세상)을 보는 것, 그것 자체를 풍경을 재구성할 칼날로 변형시킨다.

눈이 내린다 무너질 듯, 내 몸을 파묻지 않고 그 눈, 그 바깥에 네가 있다.

눈이 내린다 말살하듯, 네 육체가 화려하다 그 눈 그 바깥에,
네가 있다.   —「사랑 노래 2」

  내리는 눈, 스스로 무너지고 내 몸을 말살할 듯이 내리
는 눈 바깥에 '너'가 있음을 본다. '너'를 보는 것은, 그러
니까, '눈〔雪〕'을 뚫어보는 '눈〔眼〕'이다. 이 무형의 '눈'
이 드러나 쌓인 '눈'과 긴장한다. 그 긴장을 통해 그는 그
눈 넘어(이 눈 넘어가 세상 바깥으로 이탈한 빛, 홍조, 의미
이다)의 존재와 신호한다. 이 눈의 이름은 '응시'이다. 그
것이 개별자로 독립한 시인이 세상을 구성하는 방법의 첫
항이다.
  그러나 이 응시는 그렇게 일방적으로 객관적인 응시가
아니다. 눈의 동음이의성을 시인이 왜 '이용'했겠는가? 세
상으로부터 독립한 이 개별자의 원천은 바로 세상이다. 그
는 애초에 세상 바깥에 있었던 것이 아니다. 그는 그곳으
로부터 돋아났다. 그 눈은 그러니까, 죽은 나무 등걸 위에
돋아난 '새 눈'이다. 눈은 객관적 시선이고, 눈은 바깥의
상관물이고, 눈은 주관적 육체이다. 주체와 대상과 그리고
그 '사이'를 하나의 자기장이 관통하며 흐른다. 그때, 바깥
의 상관물은 주관적 육체 속으로 스며들며,

  그렇게 아버지는 내가 되셨다   —「금딱지 롤렉스」

  아버지가 돌아가신
  이야기는 생각보다 많은 이야기다   —「2000-1」

주관적 육체는 바깥으로 향하는 만큼 안으로 하강하고 침전하여 팽팽한 표면장력을 이루고,

> 흩어짐의 線.
> 울음의 흔들림.
> 웃음의 깊이.
> 눈물의 표면 장력.
> 이것이 나의 사랑 노래다.   —「2000-5」

객관적 시선은 마침내 안과 밖을 잇는 내부 서사를 지향한다. 그 내부 서사의 수일한 광경이 여기에 있다.

> 내 몸은 세상 속으로 끝없이 펼쳐지고
> 무엇을 짓고 무엇을 허무느냐고
> 바람은 폐허 그 후에 잉잉거린다
> 그렇게 내 안의 자연이 또 완성된다.
> 내 등뼈를 파고들던
> 각목이 그렇게 이야기로 전화한다. 그래.
> 우리는 모종의
> 절벽을 품고 강을 건넜다.   —「2000-3」

이 자발성의 서사, 단성 생식으로 시작하여 다종으로 분화되는 이야기가 『해가 뜨다』가 마침내 도달한 언어의 새벽이다. 그는 말한다: "그러나 수평선 위로 해는 언제나 뜬다"(「해가 뜨다」). 김정환의 문맥 내에서 이 말은 미학적 전범으로서의 자연 현상을 가리키는 것이 아니다(시인이

애초에 거부했던 자연의 순환 논리를 받아들이게 되었다는 것으로 이해하면 안 된다는 말이다). 그것은 삶의 무의미가 그 자체로서 현현하는 역동성을 가리킨다. 무의미의 역동성은 개인화된 나의 응시를 구멍으로 해서 나의 내부에서 펼쳐진다. 그 무의미의 역동성, 즉 "상처는 기억보다 거대하다"(「바닷속」). 이 상처를 장관으로 펼쳐낸 것은 바로 개인으로 돌아난 '나'의 응시의 노동이다. 그 개인은 따라서 집단의 은유(압축하면서 달라지는 것)이며, 그 응시는 따라서 응집이다. 그 응집은 "폭풍의 고요한 중심보다 고요하고/폭풍의 강력한 외곽보다 강력한/눈물 방울의/떨림"(「역사와 미래」, 『하나의 2人舞와 세 개의 1人舞』)이다. 그 응집 혹은 떨림이 이야기를 낳은 것이다.

　　보이지, 凝集이 문체를 낳았다　　　　　　　──「바닷속」

라고 시인은 말하지 않는가? 덧붙이자면, 미학적으로 이 응집은 또한 언어의 정제를 가리킨다. 김정환의 시가 이렇게 명징한 적이 없었다. 의지가 언제나 언어의 가두리를 넘쳐 흘렀기 때문이다. 그 과잉을 지금 그는 통제하고 있다. 그러나 그렇다고 해서 과잉된 것이 제거된 것은 아니다. (다시 말하지만, 그는 에너지 보존의 법칙을 정확히 알고 있는 시인이다.) 그 과잉은 억제되는 게 아니라 분화되고 병렬된다. 김정환의 이미지들이 정제된 형상으로 계속적인 연상을 통하여 이동하고 있는 것은 그 때문이다. 이 병렬 이동이 어디까지 계속되는지 나는 알 수 없다. 내가 알 수 있는 것은 그것들이 저마다 충분히 아름답고 서로에 대해서 긴장하고 있다는 것이다. 그 긴장 다음은, 그들의 원격 통신 그 이후는 무엇이 있을지, 그것은 시인도 모를 일이다. 다만, 시의 손톱만이 그 이후를 조금씩 파며 나갈 것이다. ▨